诗海吟唱

黄昌任 著

线装書局

目　录

诗海吟唱

诗海吟唱

诗海吟唱

·诗海吟唱·

清新脱俗　活色生香

——《诗海吟唱》序

杨　军

黄昌任是一位聪明、睿智、很有胆识的弄潮儒商；也是一位勤奋、好学、很有才情的行吟诗人。年年岁岁，他总是商旅偷闲，漫游四方：看山川毓秀，飞瀑流泉；观沧海横流，烟波帆影；谒雄关古道，前贤忠良；踏乡间阡陌，会友寻亲；赏果甜稻熟，糯米酒香……大自然的风华在大好河山的帷幕下展示了无尽的风骚与柔情，也在诗人心中酿出了一首首优美、纯净、质朴、感人的诗篇。正是这样的不倦追求，流连辗转，在短短的几年时间里，他就连续出版了八本诗集，给他多姿多彩的人生添了儒雅的一笔。

《诗海吟唱》是黄昌任最新即将付梓的诗集。与以往的诗作相比，显得更加雅致成熟。诗篇精巧、词句凝练、清新脱俗、活色生香是它的显著特色。诗集开篇的《醉美夕阳》中，那一朵朵彩色的云彩，一座座披金的远山，一行行远飞的白鹭，一缕缕和煦的晚风，一声声悠扬的牧笛，绘成一幅青山夕照、意境醉美的煌煌油画。让人欣赏到那西下夕阳宛如一位披彩霞，戴金冠的楚楚新娘，身姿婀娜、含情脉脉地在悠长的笛声中款款远去。这是多么摄魂勾魄的甜美景象。《翱翔》展现的却是另一种阳刚之美。矫健的苍鹰不畏峰岭峻峭，波涛汹涌，怒云翻卷，毅然决然搏击长空，一往无前，给人一种勇于拼搏，坚强奋进的力量。《误入深山》更显新美奇幻。诗人不经意间来到恍如世外的村野，见溪洞静如仙境般卧在天地之间，共景朦胧恬静而又绚丽芬芳，不觉移步探幽，遂见农家，受到山中主人的盛情款待。农舍对饮，把酒言欢，其乐融融。隐喻着久居红尘闹市的旅人对悠闲清净生活的向往。这种情景交融，意蕴深婉，语浅意长的笔法把那种崇尚自然、热爱生活的缱绻之情表现得淋漓尽致。像这种以景托情、诗中有画、画中有诗的美丽诗篇在诗集中比比皆是。

诗如其人。多年来，黄昌任延续着对故乡热土的无比眷恋和热爱。而且时间越长，牵挂之情越深切。就像一壶好酒，年头越久，越加香醇。《乡恋》中，他"带着家乡的眷恋/多少叮咛记心间/不论前方的路多远/即使远离我的视线/心依然未变。"一颗游子的拳拳之心跃然纸上。表达了今生今世，不管前路遥遥，或坎坷，或荣华，眷恋家乡的心永远不变，思乡之情多么缠绵。在《雨中禾苗陇》中，这种乡情更是浓烈。他身居都市，家乡的冷暖依然感同身受。田里的禾苗久旱不雨，受灾受难，乡亲心焦如焚，寝食难安。当一场大雨骤然而至，禾苗伸腰展叶、迎风起舞，农夫愁容退尽，喜笑颜开。在这里，农夫的音容笑貌、喜怒哀乐自然也是诗人情牵梦缠与乡亲休戚与共、心心相印的真实写照。《风雨回乡看母亲》《三月三糯米香》，更是对骨肉亲情的难以割舍以及对家乡味道的难以忘怀。美丽的描述，足以展示诗歌的力量、诗歌的温度、诗歌的情怀，从而构架成一个巨大的温室，温暖甚至燃烧着诗人的意愿、希冀与梦想。

诚然，黄昌任不仅仅把诗歌作为描摹生活情境的载体，而且有意或无意地把自己对时代变革，人生百况的感观感受巧妙地融进诗中，使诗歌的内涵更深沉，思想更深刻，给人以感染和启迪。《人生别放弃希冀》，"在寂静中追寻/过往的记忆/点点滴滴/汇成潺潺的小溪/像萤火在夜的天空/绽放瞬间的美丽/无须计较/人生太多的得失/前面路/平坦又崎岖/只要不放弃/人生处处充满希冀。"这犹似一首自勉诗，鼓励自己也勉励别人，在人生途中不要计较太多荣辱得失，不要时常瞻前顾后，恐惧徬徨。只有勇敢地经风沐雨，才能见到绚丽的彩虹。《示女》诗中，诗人更是感触到一个普世的社会问题，就是如何对子女的教育。如今的父母，对子女过于溺爱，衣来伸手，饭来张口，只要埋头读书，什么也不用做，不会做，结果使孩子变成高分低能的娇儿，酿成了许多人间悲剧。诗人因而有感而发，谆谆告诫乖乖小女，从小就要自觉锻炼自己飞翔的翅膀。这样在成长途中，不管遇到高山大河，还是雪雨风霜，才能坚强面对，勇往直前，用自己的努力和聪明才智获得真正的幸福。《你是我生命中流动的小溪》更是一首感悟至深的少年夫妻老来伴的温情之作。人生几十年，夫妻同甘共苦、相濡以沫、不离不弃、执子之手，与子偕老，这是人生的美满，家庭的幸福，社会的祥和，还有什么比这更美好呢？什么是诗？真正的诗歌就是这般娓娓道来，耐人寻味。

在《诗海吟唱》中，黄昌任在诗歌创作艺术上也作了新的探索，并取得了可喜的收获。纵观诗集，他的每首诗都很短小精悍，用词洗练，遣句隽永，言简意沛，如流莺鸣啭、泉水叮淙，读起来朗朗上口、音韵悠扬，很有古典词曲的底蕴与韵味。如《晚春》："匆匆又春暮/鸟啼落木/长烟徐徐绕山孤/崎岖马蹄路/落英无数/青果连枝纷纷露。"寥寥几句就非常精当地把晚春景色描绘得摇曳生姿，光彩炫目。再看《觅食》："何时飞来白鹭/立稻田/展翅舞/唯独老牛/嘴嚼嫩草含白露/裹身泥/过晌午/卧歇息/防热暑/又斜阳/牧笛悠悠归栏路。"活脱脱一幅乡村纯美图画，乐滋滋一曲田园醉人牧歌。《夜路江边》《春忙》《泛舟佳人》《夜归》等都是具有异曲同工之妙的佳构力作。这些没有词牌曲目，却洋溢着古典词曲韵味的短章小令，让人喜不释手，陶醉有加。充分显示了诗人多年潜心修炼的功力。

可以说，《诗海吟唱》是一本个人情感旅途的段落小结；是一本凝结对诗歌热恋的灵敏关注；是一本表达心绪意念的倾心诉求。全部诗语、诗意与诗心，都是诗人切身体会而感悟之作。他不以世风所左右，不以观念所摆布，不以势力所屈人，不以私己所迁就。让诗歌回归到本来的怡情怡悦，并以此养育自己的精神。如此写诗作人，怎能不潇洒旷达呢？

2017.8.20

写于百色迎龙苑

（作者系中国作家协会会员，原广西作协三、四届理事、百色地区文联主席、《右江文艺》主编）

醉美夕阳

美了夕阳

醉了夕阳

朵朵云彩

坠河中央

片片船帆

鼓起希望

行行白鹭

心向远方

绵绵青山

披上霓裳

徐徐晚风

楚楚新娘

层层田畴

碧绿海洋

姗姗归来

牧笛悠长

古道风光

轻烟淡雾

枯草老树

千年古道沧桑路

秦砖汉瓦

雕樑画柱

石桥溪水风景处

山中晚景

晚风过山林
归巢鸟啼鸣
的达马蹄音
清秋月独明

酒 夜 时

月下花醉香迷离
不觉已是三更时
银梢玉露悄然落
欲梦却断酒杯里

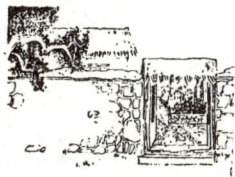

睹景伤情

芳草侵小径

飞花舞倩影

流水清

暖风行

晚来月初明

昨日酒未醒

鼾声如雷鸣

华灯静

步履轻

触景更伤情

诗海吟唱

雨中躬耕

夏来夜短昼长

草随骤雨争狂

河水涨

渔船荡

不遥处

水牛与老翁

田间劳作

不惧风雨凉

雨中禾苗陇

落叶纷纷

午后狂风

乌云滚滚

雷鸣隆隆

一场骤雨

遮满晴空

小鸟穿树丛

行人步匆匆

渔船泊岸头

江水浪汹汹

可喜久旱禾苗陇

掀开弱枝抱甘琼

农夫愁脸展笑容

翱　翔

千里朝阳百丈峰

滔滔江水气如虹

天际卷来万涛云

苍鹰呼啸击长空

晚　春

匆匆又春暮

鸟啼灌木

长烟徐徐绕山孤

崎岖马蹄路

落英无数

青果连枝纷纷露

觅 食

何时飞来白鹭

立稻田

展翅舞

唯独老牛

嘴嚼嫩草含白露

裹身泥

过晌午

卧歇息

防热暑

又斜阳

牧笛悠悠归栏路

绽放美丽的季节

那柔柔的碧波

那软软的芳草

那簇簇的鲜花

那淡淡的雾烟

那轻轻的话语

伴随莺歌燕舞

绽放美丽的季节

柔柔波光

看你

近你

掬起一把柔柔的波光

波光里

看你

近你

那淡淡的幽香

溶入我多情的血管

有你

有我

在柔柔的波光中绽放

我在等那季节的到来

我在等那季节的到来

一股暖风扑心怀

不管你是早到还是晚来

我都会在熟悉的地方等待

手捧着玫瑰

注满沉甸甸的爱

蜜蜂飞来了

伴随蝴蝶的色彩

温馨的季节

快乐的节拍

张开你的双臂

拥抱激情的大海

这是季节的爱哟

常开不败

爱你就如那抹彩霞

聚天地之精气

吐露你的芳华

丝丝缕缕

醉美奇葩

日日夜夜

容颜焕发

你这不朽的玫瑰

我无怨无悔

随你走天涯

不要说你会枯萎

即便香消玉化

爱你

就如那抹彩霞

一只蚊子

有一天我保持沉默

静静躺床上

什么都不想什么都不做

看天花板白色就是白色

一只吸满我血的蚊子

一动不动地爬在墙的拐角处

窗外的风吹进来

把蚊帐撩得啪啪响

我静静地看着

直到天暗下来

我听到它嗡嗡地在房间飞起来

缕缕银发

看你泛起的银发

心如江河掀起浪花

感叹时光苦短啊

数十年风雨

柴米油盐染尽你芳华

倾听溪水潺潺啊

那是无言的表达

生活的节奏

看云在蓝天闲游
听风在幽谷漫走
坐在无篷的渔舟
感受碧波的温柔
有鸟掠过头顶
我懒得去伸手
哼哼几句歌词
只当润润喉
分享生活的节奏

我在树枝上看你舞蹈

我站在树枝上

看你舞蹈的模样

心随风一起荡漾

美的姿势

是琴弦在弹唱

汗滴飞溅

是激情在流淌

站在树枝上

与你遥遥相望

祝福的话语

绵绵流长

烈　焰

火焰随柴添旺

像秋天田野中的稻浪

我置身于金色的海洋

感受它的风狂

火辣辣的太阳

与我共舞飞扬

亲吻稻谷的馨香

目视小鸟低空飞翔

心灵的孤岛

棹一扁渔舟

通向孤岛的心灵

那里绿树成荫

小鸟啼鸣

那里溪水淙淙

鱼儿穿行

那里芳草萋萋

花香迷情

孤寂的心

何时啊共赏此景

驾驭的灵魂

你是高尚的

我是卑微的

你是聪慧的

我是愚钝的

你我同是驶向远方的轨道

但你无法驾驭我

我也无法驾驭你

也许某一天

彼此的灵魂

会在冥冥之中交织

夜路江边

浪拍岸土

长堤柳护

飞花暗渡

银钩半云吐

行人陌路

闲舟栓住

夜鸟寄宿

晓风催玉露

这棵沧桑树

数十年风雨

一段活的化石

记录过往的历史

一生深耕不止

拓出一片天地

不求回报

没有索取

宽阔的心胸啊

年年繁枝叶密

人生别放弃希冀

在寂静中追寻

过往的记忆

点点滴滴

汇成潺潺的小溪

像火萤在夜的天空

绽放瞬间的美丽

无须计较

人生太多的得失

前面路

平坦又崎岖

只要不放弃

人生处处充满希冀

瞰西北

天上瞰西北

绵绵山峦似沙丘

曲曲黄河浊流水

倒是一汪当玉坠

又像仙女滴下泪

寻寻觅觅

何处是翡翠

西风吹瘦女人脸

太阳烤红男人背

街上夜色孜然味

独自徘徊

瓜果香味

细细品尝

青稞烈酒

烧心燃肺

不是汉子早已醉

醉也睡

醒来还叫声辣妹

那是西北的玫瑰

美 人 图

字幅轻轻就地展

玉珠款款落纸上

一袭长发身后洒

凤眼秋波徐徐荡

十指拂过娇羞脸

两片红云轻佻笑

无限春光梅花妍

暗处幽香

多少辣目透纸面

人世美

美在徜徉间

春　忙

烟雨落溪边

芳草绿石旁

布谷枝上叫

村姑育秧忙

渔 家 人

白鹭成行绕江飞
渔翁撒网尽来回
击水啪啪震两岸
夜入银河徐徐归

约

微风入竹林
偶闻鸟啼鸣
相牵默无语
月下披露行

乡　恋

带着家乡的眷恋

多少叮咛记心间

不论前方的路多远

即使远离我的视线

心依然未变

带着他乡的思念

多少回梦在心间

哪怕生活的路多艰

即使在离开的刹那

爱永远不变

情在途中

浅浅溪流
漫漫西风
多少旅人在途中

片片枯叶
声声寒鸦
唯有伊人立苍穹

爱在春天

春暖东风
花开万种
只对你独钟

纤柔细指
燃起心胸
碧水映晴空

阡陌之上
沧桑颜容
笑看夕阳红

江 南 女

微风依依堤岸柳
画船悠悠弦琴流
江南女子羞闭月
万般柔情醉客留

为你而醉

也许你无所谓

而我已烂醉

早上起来

还想一味地睡

昨日的聚会

献上的玫瑰

却是你的背

燃烧的心

成了脆弱的芦苇

寒风中

悄悄落泪

为什么

这样让我心碎

一起休闲去

让我们牵手
一起去遨游
蓝天白云
我们跟着走
青山绿水
我们去问候

别说什么
工作太忙
事情太多
成为推托的理由

带上你家人
叫上你朋友

一同去感受

感受大自然的节奏

芒果飘香

裹着一身馥郁

如期而至

在成熟的季节

多少人于你

爱恋痴迷

自信的颜值

今非昔比

从乡村到都市

一路在传播

美的甜蜜

壮乡香芒等你来

远方的朋友
请到壮乡来
香芒的故乡
让你难释怀
醉人的芳香
迷人的色彩
友谊的象征
商贸的纽带

小小的香芒
大大的舞台
远方的朋友
请到壮乡来
壮乡的香芒

把你来等待

等待你参与

香飘海内外

暖　春

小草尖尖立
燕子低低飞
暖风随细雨
伴君不思归

042

燕 归 来

煦风扶翠柳
飞燕入旧门
呢喃添新土
惊醒梦中人

花　海

春风送
桃李花锦重
谁在花海梦
香满衣袖中

月空朦
山野歌正红
谁在夜里舞
勤劳小蜜蜂

参观中山纪念堂

雄堂伟殿拔地起

天下为公先生题

历经风雨依旧在

三民主义不过时

参观中山故居纪念馆

先生故居老树绿
纪念馆里说历史
翠享民居原风貌
民俗文化书传奇

参观大元帅府

百年帅府展辉煌

群英荟萃斗志昂

军伐割据国力弱

统一北上显荣光

参观十九路军淞沪抗日阵亡将士陵园

十九路军奔淞沪
无数将士战沙场
肝胆为国流尽血
魂归故里英名扬

参观黄花岗七十二烈士墓园

七十二杰永长眠

青松翠柏护石阶

反清何惧洒热血

天地为之撕心裂

参观黄埔军校旧址

黄埔军校传威名
多少将帅咤风云
东征北伐无所惧
抗战救国立功勋

纪念孙中山诞辰一百五十周年

你是黑夜里的启明星

照亮沉睡的大地

唤醒麻木的灵魂

滚滚长江滔滔黄河

古来多少英雄

浪淘尽

你的思想学说

你的三民主义

你的爱国热情

你的革命意志

你的开放进取

至今影响一代代人

你的建国方略

描绘腾飞的蓝图

经过几代人的努力

已成为现实

今天　我们仍以你为楷模

在中国共产党领导下

更加以昂扬的斗志

为两个一百年的奋斗目标

为中华民族伟大复兴的中国梦

奉献无悔的青春

欢乐村口

饭后向村口
手持蒲扇慢慢走
大树底下好乘凉

月如盘
远山茫
蝉声不断
溪水长流
啼吟宿鸟
梦里天堂

香烟萦绕
针线沙响
跳绳在转

迷藏在捉

笑声阵阵透枝梢

不觉露水浸衣裳

秋收时节

山峰挺立

绿影成衣

山脚稻田

金黄遍地

又是一个秋收时

头顶烈日

牛拉马驮

人扛肩挑

汗流如雨

颗粒归仓倍珍惜

情 人 泪

经不住
情人泪
伤到我心碎
曾付出
博一醉
醒来面对

惹不起
带刺的玫瑰
掏心掏肺
并不理会

风光时候
缠绵不累

落泊时候

说你无味

思来想去

赶紧归队

不管过去错与对

示 女

在父母的呵护中成长
丰羽的翅膀总要飞翔
一路会遇高山流水
一路会碰雪雨风霜

请勇敢面对
展示你的坚强
困难会在你面前低头
幸福会在你前面绽放

三月歌如潮

三月百花开
山歌如潮来
歌圩巧打扮
登上赛歌台

不分老与幼
同聚乐开怀
唱出生活蜜
燃起爱情海

江 景

一行天鹅绕江边

一叶孤舟任纵远

一首渔歌飘天外

一片云彩醉心间

亲近黄河

朝思暮想到黄河
伫立岸边放眼量
黄河之水翻浊浪

看不见
昔日行舟何处藏
听不见
纤夫号子吼断肠

沧桑纤绳
化作两岸的翅膀
经济腾飞的桥梁

羊皮筏子

羊皮筏子水上飞

悠久历史树丰碑

曾当年

抗战时期显神威

到如今

羊皮筏子水上飞

沿岸柳绿花正催

黄河母亲姿态美

旅游风靡大西北

深秋月夜

入夜秋风凉
不见鸟飞翔
池塘水停漾
荷叶依旧香

明月当空照
凄屋伴灯长
头枕孤单眠
托梦寄故乡

今夜何处醉

别问今夜何处寻醉
受伤的心悄悄掉泪
多少年来付出的爱
梦醒时分支离破碎

明天我把手轻轻挥
告别枯萎了的玫瑰
阳光依旧风雨不改
阔步向前永不言悔

你 的 美

看着你的背

像雪花在睡

闻着你的味

像绽放的玫瑰

灿烂的容颜

我心已陶醉

啊

流光的河水

蜻蜓也跟随

拥有你的美

终身永不悔

风雨回乡看母亲

风在呼啸
雨在狂飘
天昏地暗
回乡路迢迢
母亲驼背的身影
霜打的容颜
在我眼前渐渐变老

母亲无私的养育
一生的操劳
我拿什么回报
此刻还有什么犹豫
还有什么烦恼
母亲健在的时候

回乡多看看听她多唠叨

母亲的微笑

便是对我的犒劳

泪水在飞

飙飞的泪

醋坛的味

只怪当初去买醉

放纵自己

盲目追随

落下一身疲惫

何必怨谁

徘徊几回

难以入睡

仔细回想

深感惭愧

赶走阴霾

尚有机会

泪水飙出甜滋味

岸边漫步

晨起漫步
日光驱赶江面雾
晓风过处
吹落柳上珠

汀洲芦苇
扬花似雪飞无数
沙滩纷纷驻白鹭
陌视过路

为　你

为你

无奈别去

身后抽泣

为你

无法抗拒

无数私语

奏尽人间终曲

期　　待

等

风雨中

一份期待

等

迷茫中

一种无奈

既然选择了等待

相信黑夜过后

曙光会到来

远方的灯

远方的灯
寒风里
像棵大树
暗淡的夜
荒野里
向我招呼
远方的灯
漫漫路
不再孤独

牧　归

黄昏细雨飞

牧童赶牛归

一路风更劲

枯叶满地追

手牵牛不动

双眼被蒙灰

折枝用力抽

狂奔往家催

·诗海吟唱·

雨中劳作

天昏云密

风吹院庭隙

竹帘掀起

只闻香缕缕

堂前谁知飞燕语

门外菲菲雨

披上蓑衣

走向水田坡地

萋萋绿影

躬耕不息

游海南分界洲岛

乍到三亚

面朝大海

浩浩荡荡

蓝天风轻云淡

海鸟翱翔相伴

渔船远离视线

唯有机轮

碧波斩浪向彼岸

分界洲岛休闲

游客醉美留连

比基尼款款争奇艳

徒步登高

灌木参差

小屋掩映绿丛间

蝶在花中舞翩翩

悄悄惊动情人面

游南湾猴岛

穿空越海

脚下碧水浩浩

头上流云悠悠

落地孤岛

苍翠扑眼球

飞鸟啁啾

曲径迷离

景物各异

猴群处处嬉伸手

母喂幼乳

痴痴显温柔

但得闲

抛弃繁杂都市

沉醉于山幽

看　海

浩浩瀚瀚

望无边

坦坦荡荡

空无拦

层层叠叠

梦幻千

熙熙攘攘

醉沙滩

吃海鲜

冲浪艇

忙里偷闲

悠悠然

游　山

山风冻

溪水凉

秋后田野更荒凉

唯独水牛觅食香

禽鸟叫

山路长

满目树枝叶泛黄

游人无数采风忙

岑王老山看雪

崎岖山路

无法挡住

体内炽热的温度

乱石灌木

生烟飘雾

静看雪花纷飞舞

越登高处

灵泉涌出

茫茫林海任尔呼

在这里碰见你

在这里碰见你
冥冥中的念欲

无须太多的话语
泛起昔日的回忆

不必说悔意
不必说别离

人生还有一种叫美丽
那是天长地久的情谊

成　熟

田野黄了

稻谷黄了

我梦中的人

成熟了

我为你歌一曲

天更蓝了

云更白了

我梦中的人

你更美了

我为你送花一枝

今后不论近远

今后不论聚散

我梦中的人

你的倩影

永远翱翔在我的梦里

赶早上学

连夜通宵雨

茅草低垂屋檐

风寒侵衾薄

辗转反侧难眠

三更鸡催晓

白粥拌盐难咽

蓑衣踩泥泞

校园书声传遍

你是我生命中流动的小溪

你是我生命中流动的小溪

伴随我走过一年四季

早起贪黑挥洒汗滴

困难时候给我鼓气

披荆斩棘换来奇迹

至今不离不弃

你是我生命中流动的小溪

陪伴我风雨浪尖不迷失

花前月下我们紧紧牵手

步履蹒跚我们紧紧相依

亲爱的

你是我生命中流动的小溪

彼此滋润天荒地老不停息

骑在父亲的肩膀上

父亲是一匹不知疲惫的马
我是骑在他的肩膀上长大
每当劳作之余
带着我四处溜达
逗着我玩耍
让我抱住他的头不要怕
慢悠悠的步伐
让我整个乐开了花

父亲这匹不知疲惫的马
为了我们这个家
埋头苦干耗尽了年华
直到生命终止的刹那
在我为人父之后

才知道

父亲的肩膀责任有多大

赤脚走山路

青山不把夕阳留
百鸟归巢鸣不休
溪水淙淙流

重担压肩踏步走
乱石尖利刺伤脚
草长路难求

夜来山风凉嗖嗖
汗水滴滴浸衣了
月照人依旧

麻栗坡烈士陵园

去时正是纷纷雨
天低云沉路又急
直到陵园墓地
翠柏青松肃立
音乐响起英魂曲
多少泪水注黄菊

烈士长眠地
青春化作长虹气
边陲安宁不可欺
热血保疆域
而今硝烟已散尽
丰碑高耸
傲天地

登高观海

移步登高

石阶苔老

芦苇正飞花

放眼望

万里白沙

千里孤崖

烟云舞婆娑

海燕穿插

群舟竞发

风浪展奇葩

夏 雨 天

夏雨晚来阵阵狂

汇成溪水流满塘

蛙声响 稻花香

人蓑衣 肩上杠

乡间小路穿梭忙

小小年纪早当家

炊烟绕房梁

和谐家庭吐芬芳

曾经走过的路

夜 如此静谧

月 如此皎乳

夜 笼罩这条小路

月 洒满这条小路

还是这条小路

曾经牵手走过的记忆

像滔滔江水掀起浪花

像冲开的河堤倾泻而出

沉醉在过去的你说

真希望

当年青葱的岁月永远凝固

天荒地老不干枯

我说

时光虽然从我们额前犁过

美好的甜蜜在心中永驻

未来依旧怀着梦

我们的脚步也许会放慢速度

我们的激情却保持恒久的温度

深山红叶

深秋满山红叶

引来游人不绝

笑语声 倩影留

飞鸟枝上歇

风吹起 似火烈

忘尽西山落日斜

温柔的月亮

温柔的月亮
温柔的你
无情的岁月冲走多少记忆
冲不走你温柔的甜蜜

温柔的月亮
温柔的你
一起走过人生的坎坷
一起走过人生的磨砺

温柔的月亮
悄悄告诉你
你是我今生的奇迹

春在何处

轻轻问飞燕

何处风暖

芳草岸

桥溪边

横斜枝条舞翩翩

匆匆向田间

犁地挥鞭

阿哥唱

阿妹圆

夫妻携手意绵绵

昨　夜

昨夜露华悄悄落

梦里不说

问行人

谁做　谁做

蝴蝶眼前才飞过

去追逐

赶紧躲

人生本来故事多

不错　不错

背　影

树上纷飞叶

凄凄彻彻

仰天望明月

白如雪

圆又缺

匆匆别

背影裂

心千结

万语千言

而今灭

人 间 戏

爱若浓时

方懂凄迷

冷风冷雨

伤透魂归去

知心何处觅

这也迷离

那也迷离

霓裳舞尽人间戏

误入深山

雨濛濛

误入深山花丛丛

疑是桃源溪水洞

仰望半天空

或明或暗

芳香伴暖风

弃舟去

雾蒙蒙

不觉移步农家中

醇米酒

招待客

杯杯饮尽乐融融

春　约

苍烟锁门庭

借东风

催花醒

见汝倚楼笑盈盈

路上人稀行

一片石

向窗棂

相约郊外赏春景

夜探友人归来

昨夜探亲友

庭前摆桌暖酒

吟诗作赋

乐悠悠

直到露水湿满头

踉跄往家走

门无栓

看家狗

床上竹席

任由隙缝明月透

窥视人消瘦

我爱秋天

没有春天的花海

没有夏天的豪迈

秋天啊

自有秋天的风采

我爱秋天

爱它独有的馨香

爱它舞动的节拍

人生啊

别只在花前月下徜徉

别只在流光异彩中徘徊

凝聚在秋天

欣赏成熟的情怀

摘 橘 子

晓起村姑

披银戴雾

挑着担子赶路

山里橘园

熟了挡不住

忙碌身影

摘取不误

明天集市

笑添新收入

烟雨黄昏

烟雨黄昏

泉水暗中生

鸟归巢

乱纷纷

野外孤村

小犬守柴门

不需问

屋无人

问 月

乱云无度

银华淡雾

萋萋芳草

销魂处

问玉兔

天下美景可揽住

桂花不语

寒宫孤独

嫦娥金蟾

似双双

哪比人间春光沐

早　起

暖暖东风

纷纷细雨

浅浅芳草

踏踏马蹄

早起人儿

唤醒大地

挥洒耕耘

换得秋来越美丽

在 山 庄

遥望山孤
天低绕雾
鹧鸪声声
不知处

乱石封路
薛满朽木
溪流潺潺
淡烟舞

觅得山庄
休闲处
美酒佳肴
醉谈诗词赋

泛舟佳人

清风漫晌午
日光筛翠竹
河水泛轻舟
原是佳人渡

云南轿子山看雪

曲折台阶路

忽是晴天忽是雾

悬崖挂冰泉

银花结满树

索道徐徐向山腰

飞鸟声声荡幽谷

野禽雪中舞

无视众人惊脚步

游客如梭登峰顶

佳景在高处

空山烟雨

春风盈盈
细雨靡靡
茅草竹林
任由烟云行

深山幽谷
声声鸟鸣
无尽踪影
留下空屋静

采　春

停车向亭台
微翠入眼来
山涧泉水如琴拍
疑是坠蓬莱

倚栏杆凝望
红白花正开
阵阵清风香满袖
误是落云彩

情人节里的玫瑰

不要说我虚伪

不要说我酒醉

真心诚意送你一束玫瑰

没有九百九十九

但愿捧在怀里心陶醉

你是我的情人我是你的玫瑰

风雨牵手走过坎坷不后悔

如今雪花染尽你芳华

趁着良辰美景好机会

浪漫潇洒舞一回

爱是天长地久不可摧

遍地油菜花

天边云朵款款来

高原土地花正开

浓郁的芳香

烂漫而精彩

蝴蝶舞

蜜蜂飞

众人徜徉把照拍

农家乐

挂灯彩

餐饮原生态

特色美食大招牌

细嚼慢饮乐开怀

榨油厂

静等待

农民喜开颜

油厂把步迈

春天花蕾

我尚未看到你一眼

而你早已在我梦里出现

春天已经降临

阳光普照大地

熬过风雨的树枝

是裹在襁褓的你

露出粉红的脸蛋

好想上前抚摸

你柔软的毛发

你细嫩的肌肤

你沁出的乳香

啊　宝贝

在春天里走来

在春风里摇曳

在春光里吐艳

一张信纸

滑过指间的信纸

书写我人生的轨迹

曾经的懵懂到成熟年纪

曾经的彷徨到行事坚毅

曾经的痛苦到学会悦愉

字里行间

留下难忘的记忆

放眼前方

是美好的希冀

失去了的不后悔

得到了的加倍珍惜

就近赏景

山峦披翡翠
江水泛烟波
踏青非远去
就近景也多

夜里赏香

今夜难得休闲时
庭前围坐话桑麻
月照花影香扑面
举杯对饮醉折枝

扶贫路上

路遥远

心牵挂

夜难眠

贫困农户萦绕在心间

从繁华都市到凋敝乡村

从宽敞大道到狭窄小径

从高楼大厦到泥墙茅屋

从炎炎烈日到冷冷寒风

一边放不下的是家庭老小

一边放不下的是贫困农户

你精心为他们把脉

你精心为他们规划

汗水在时光流动中洒落

智力在贫瘠土地上萌动

播下一粒粒种子

已经茁壮成长

你的心愿啊

让贫困的农户

看到秋天结出的硕果

濑浩风雨桥

幽幽小径

翩翩小竹

啾啾小鸟

悠悠河水

正是三月新景色

赶来此处探春早

俏俏容颜

袅袅腰枝

款款袂裙

暖暖细语

风雨桥上旗袍秀

一把彩伞舞不老

珍惜彼此

绿叶化为色彩斑斓的秋景

记忆穿越时空带来片片柔情

相视无言却撞击彼此心灵

牵手走过世纪别问人间几多情

缕缕青丝告诉你晚霜已频频降临

珍惜你送的玫瑰

让我回味淡淡的芳馨

在细水潺潺的日子

夕阳依然在山峦中爬行

壮　乡

我来自壮乡

根扎在壮乡的土壤

汲取壮乡的甘露茁壮

壮乡的木棉花啊

红艳艳令我遐想

壮乡的溪流啊

清凌凌催我神往

壮乡的远山啊

绿茵茵让我纵唱

壮乡

秋天里我采撷了希望

花下对饮

月下赏花花迷人
饮酒作伴酒更醇
千金难买今宵刻
赋诗一首耀庭门

酒　后

莫说酒苦难咽

醉里沉沦

像航海巨轮

无舵乱纷纷

酒后还醒

吐语分明

笔舞书行

换得人生好心情

乡音虽未改　两鬓点成霜

漂泊在他乡

富贵我向往

无悔人生路

全靠汗水淌

待到归来时

模糊即村庄

乡音虽未改

两鬓点成霜

邂逅的美丽

无意中邂逅

不必太多语

两眼凝成炬

默默视相持

关了闸的记忆

决了口的河堤

曾经酒醉痴迷

如今花谢化为雨

风韵却赏识

别无当年意

缕缕汇成溪

闲　　谈

华月落庭院

篱笆香清浅

小桌杯斟满

谈论世间闲

行人路过稍稍停

邀请同来细细饮

不觉露水湿衣衫

相　思　泪

昨夜枕头点点泪
化作滴血的玫瑰
一帘幽梦付与谁
片片红雨尽悲催
遥望月儿天上飞
心上人儿在哪醉
青丝如浪层层卷
白云朵朵欲成堆

秋天　收获成熟的你

秋天来了

怎能不采撷

大雁飞了

声声一路别

天高气爽

年年就此歇

深山溪水

渐渐沟里绝

树上枯叶

纷纷落地灭

唯独你啊

成了我收获的季节

长堤幽梦

月光溶溶

星霜重重

竹林深处尽朦胧

偶有鸟啼垄

长堤幽梦

杨柳轻风

低眉细语忘时空

不管涛涌汹

三月三糯米香

三月壮乡暖融融

山野木棉花正红

草长莺飞歌舞艳

五色糯香意浓浓

清明怀古

又是一年清明至

无论远近归故里

不顾风雨同拜祭

感念祖先恩德史

老翁闹春耕

荒山芳草绿

小径马蹄溪

微风撩翠柳

燕子衔新枝

细雨黄牛影

老翁把田犁

虽是近黄昏

躬耕不停息

爱在妒火中燃烧

火苗超越它的临界点

便会烈火冲天

走在爱情的海边

无法轻易预见

伤及曾对你的爱恋

寂静的夜

淡漠的表现

失去往日缠绵

妒火在燃烧中生变

雄　志

芳菲随风落

光阴催人老

万古不朽

江水滔滔

豆蔻年华

仰首远眺

策马扬鞭

何惧路遥遥

让你飞翔

我知道

迟早总要别离

在你羽毛丰满之时

我无须挽留

更无须阻止

展开你的双翼

一路会遇暴风骤雨

那是磨炼你的意气

大胆的飞翔

广阔的蓝天

属于勇敢的你

落叶归途

劲风吹落叶

遍地黄金洒

随秋由此去

不知入谁家

荒　屋

庭院风雨静寂

柴门半闭

鸟落桠枝

花开无人觅

小径绕竹篱

苔满青石

夜来华月空戚戚

·诗海吟唱·

夜　归

清秋月

江水歇

芦花如雪

野禽声声彻

泊岸孤舟

归来灯火

已是五更夜

红艳落泥尘

红艳落前门

不嫌掇来闻

香销去

气犹存

珠点点

缀一身

寒风月

沐归人

叹惜仙容化泥尘

春 景 图

山雾重重

烟波渺渺

日出景多娇

飞鸟啁啁

水牛悠悠

牧笛穿云霄

做　庄

风吹雨刮

难损堂花

屋外篱笆

挂满南瓜

摆台斟酒

划拳猜码

话说桑麻

明日又是轮谁家

老妪找牛

绿草满山野

水牛细细嚼

一只小鸟落其背

啄虫当美味

晌午热难耐

烂泥坑里独自在

待傍晚

老妪匆匆寻找来

硬把其赶回

轻舟划荷塘

荷叶含珠向天擎
一片红云喜相迎
几只水禽悠然戏
轻舟滑过数重岭

山 茶 花

雨后峰峦如浣纱
涨满溪水向悬崖
日落腾空丝千缕
白云曼舞醉茶花

天上的流星

天上的流星

即便一划而过

依然照亮远方

流浪的心

即便沦落天涯

依然找到回家的方向

所以 别为瞬间的迷失而颓丧

像流星

短暂的生命

留下不朽的荣光

流过峡谷的山泉

流过峡谷的山泉

坠入日月轮换的银河

涟涟碧波

春夏秋冬里穿梭

仰望无垠的天空

白云朵朵

就这样

保持恒久的沉默

不管现在还是未来

一个精美的传说

汇成彩霞永不落

月下笛声

月送秋波遥无期

岸上笛声醉迷离

三更鸡鸣难入梦

晓风拂面过桥低

石 板 桥

过往的岁月沧桑

多少故事在这里绝唱

桥下涨落的河水

日夜奔向远方

岸边的垂柳

随风柔荡

走在石板桥上

青山烟雾缭绕

天空白云徜徉

亲近那片荷塘

早已吐露芬芳

一对对鸳鸯

为爱飞扬

古老的石板桥

印记历史的辉煌

醉 花 女

春已至
赏香去
轻盈的步履
少女的韵律
故园百花争艳丽
长裙摆姿势
蝶舞醉痴迷
天生一个爱花女
难舍的花季

香满右江

右江河谷翠山岗
花开硕果遍壮乡
微电快递齐上阵
芳香引来万里商

刹那醉人间

一抹夕阳尽可染
老树微风雾里缠
不看身后沧桑事
留住刹那醉人间

雨 天 吟

隔窗沙沙雨

屋内朗朗音

梁上猫不语

恐惊主人吟

躲　雨

狂风劲舞门前竹

庭院落叶满地铺

母鸡带仔窜草垛

骤雨难淋翼下雏

雨中挑秧

斗笠蓑衣雨中行

小径蜿蜒更泥泞

肩挑秧苗倩身影

洒向田间满是情

你的付出

你的付出
是青春的花朵
在人生的河流中美丽绽放
是黑夜的雪花
在广袤的天地间神采飞扬
是漫长的岁月
在时空的隧道里丈量远方

赏　夕　阳

夕阳美

美在山林美在雾霭

美在萋萋芳草

美在朵朵花蕊

夕阳美

美在乡村美在都市

美在袅袅炊烟

美在滔滔江水

夕阳美

美在青春不朽

美在心儿醉

红尘婚姻

婚姻是红尘里的奇葩

朝夕相处迸出的火花

为了生活

即便浪走天涯

爱是割不断的牵挂

思念温馨的家

回味青春般的彩霞

曾经浪漫与潇洒

一个声音自远方呼唤

夜深人静你还好吗

说不完的悄悄话

梦中陶醉了

望 江 亭

傍山而立望江亭
缀满沧桑分外明
浪里飞舟非昔比
朵朵云霞片片情

赏　荷

半是翡翠半是红
风吹摇曳展姿容
清香醉倒流连客
蜂蝶更浪舞花丛

竹　韵

破土而出向苍穹
羸弱身躯敢争雄
莫笑腹里空无物
但有清名传世中

秋　至

明月过山岗

夜半露成霜

河水轻波漾

树叶已渐黄

晓风吹帘窗

催醒梦中郎

赶紧配马鞍

田间稻谷香

烈日汗如雨

粒粒收归仓

后　记

　　诗的海洋总是在风平浪静中暗藏汹涌波涛，我只是诗海中茫茫一叶扁舟，在海面上随风时而静仰时而颠簸，时而在跌入谷底时而爬上浪尖。诗的灵魂在经过浴火洗礼之后起伏前行，此刻，无需太多的呐喊，无需太多的鼓声，一步一个脚印去丈量已走过了的及未来要走的路。

　　生活中虽有曲折而又不失浪漫。像蝴蝶虽然不会酿蜜，却把色彩斑斓留在人们的记忆，像蜜蜂虽然没有娇美的姿色，却以辛勤的劳作吟唱甜蜜的事业，吟唱优美的诗句。

　　我在诗海中吟唱，以清浅的话语，以沧桑的思绪，道出人生的点滴。犹如枫叶在冬日里孕育生命的不屈，在春日里吐露翠芽芳香四溢，在夏日里撑起一方绿的天地，在秋日里风霜尽染满山红叶，倾诉繁衍的真谛。

图书在版编目（CIP）数据

诗海吟唱 / 黄昌任著. —— 北京：线装书局，
2017.9

　ISBN 978-7-5120-2868-5

　Ⅰ.①诗… Ⅱ.①黄… Ⅲ.①诗集－中国－当代
Ⅳ.①I227

中国版本图书馆CIP数据核字(2017)第238856号

诗海吟唱

作　　者：黄昌任

责任编辑：曹胜利

出版发行：**线装書局**

　　　　　地　　址：北京市丰台区方庄日月天地大厦B座17层（100078）

　　　　　电　　话：010-58077126（发行部）010-58076938（总编室）

　　　　　网　　址：www.zgxzsj.com

经　　销：新华书店

印　　制：三河市宏顺兴印刷有限公司

开　　本：880mm×1230mm　　1/32

印　　张：6

字　　数：50千字

版　　次：2017年9月第1版第1次印刷

印　　数：0001-1000 册

线装书局官方微信

定　　价：28.00元